孩子身边的花与诗

刘波 侯若愚 著

送给 _____ 宝贝，
愿你在花与诗的世界里快乐安康！

爱你的 _____
____年__月__日

HAIZI SHENBIAN DE HUA YU SHI

孩子身边的花与诗

刘波 侯若愚 著

河南大学出版社
HENAN UNIVERSITY PRESS
·郑州·

图书在版编目（CIP）数据

孩子身边的花与诗 / 刘波，侯若愚著 . —郑州 : 河南大学出版社，2019.9

ISBN 978-7-5649-3865-9

Ⅰ . ①孩… Ⅱ . ①刘… ②侯… Ⅲ . ①诗歌创作—创作方法—儿童读物 Ⅳ . ① I052-49

中国版本图书馆 CIP 数据核字（2019）第 195220 号

责任编辑	时　娇
责任校对	郭慧慧
书籍装帧	翟淼淼
插　　画	何泽庭

出　　版	河南大学出版社
地　　址	郑州市郑东新区商务外环中华大厦 2401 号
邮　　编	450046
网　　址	www.hupress.com
排　　版	河南博雅彩印有限公司
印　　刷	河南博雅彩印有限公司
版　　次	2019 年 9 月第 1 版
印　　次	2019 年 9 月第 1 次印刷
开　　本	710 mm × 1010 mm　1/16
印　　张	9.75
字　　数	50 千字
定　　价	46.00 元

本书如有印装质量问题，请与河南大学出版社营销部联系调换。

前言

"不要人夸颜色好,只留清气满乾坤",这是习近平总书记在党的十九大胜利闭幕之际,在中外记者面前援引元代王冕《墨梅》诗中的两句。

"诗言志,歌咏言",习近平总书记以诗言志,吟咏的是凌寒怒放的梅花,赞美的是不慕虚名、绽放清芬的品格,彰显的是大国大党的自信,表达的是从容清醒的定力,传递的是埋头苦干的意志。诗意的表达,让人们看到的是中华民族走向世界的气度,看到的是中华民族面对未来的胸襟。

在中国人的传统文化和精神世界里,没有

比诗词更能直抒胸臆、抒发心志的了。诗歌是中华民族文化五千年凝练的精髓,是每一个中国人都不可磨灭的"基因"。我们走得再远也不能舍弃它,更忘却不了。

作为新时代的中国教育工作者,我们应该也必须将古代经典诗词传承给孩子,让这些传诵千年的优秀作品镶嵌在孩子的脑海中,使孩子成为我们民族的脊梁。

本书从梅花开始,以孩子身边的花为起点,从熟悉常见的视角入手,通过清丽的诗词,经过细致讲解,引导孩子观察身边的花鸟鱼虫,通过节律的变换,体会诗意,培养诗感,了解诗词的创作方式、方法,让孩子创作出属于自己的独一无二的诗词。

本书亦可供家长朋友和孩子一起阅读、学习写诗、娱乐。家长朋友和孩子可在公园散步时吟诗作唱,七步成诗,乐在其中。

诗词的游戏规则

小诗人们想要写诗，需要先了解诗的规则。

现在写诗一般都是一句五个字，叫五言诗；也有一句七个字，叫七言诗。

一首诗有四句的，叫绝句；有八句的，叫律诗。

当然了，诗歌的种类有很多，古体诗、近体诗、词、曲……

我们主要讲的是绝句和律诗，两者均属于近体诗。

诗有两个比较重要的元素，一个是平仄，一个是押韵。

一般情况下，我们可以说，平声是现在普

通话读音里的一声、二声，仄声是三声、四声。

但古代的平仄和现在的还是有不同之处，因为读音在千年流传中是有变化的，我们这里只说最基础的。

押韵就是写诗的时候要在诗词的相应位置使用一个韵母相同或相近的字。要押韵的字一般是双数诗句的最后一个字。比如《劳劳亭》：

天下伤心处，劳劳送客亭。

春风知别苦，不遣柳条青。

诗中二、四句中的尾字"亭"和"青"的位置就是要押韵的位置。

一般双数诗句押韵就可以，第一句尾字可以押韵，也可以不押韵。《劳劳亭》第一句尾字就没有押韵。又如《静夜思》：

床前明月光，疑是地上霜。

举头望明月，低头思故乡。

诗中一、二、四句中的尾字"光""霜""乡"是押韵的,即第一句尾字也押韵。

押韵的字,一般是韵母相同或相近的字就可以了,比如东、同、弓、虫、虹、空。古代押韵的要求比咱们现在严格一些,咱们押韵就按普通话的韵母押就可以,算是"新韵"。古人按照他们那时候的韵母押韵,他们的韵母叫平水韵,和咱们的相比,古人的韵母分得更细一些,选择押韵的字时范围更小一些,如果小诗人们写诗的时候想锻炼自己,提高写诗的难度,可以试试用平水韵来写诗。《平水韵表》在本书的附录里,供小诗人们写诗的时候使用。不过小诗人们初学,一般按普通话的韵母来押韵写诗也就够用了。

需要注意的一点是,律诗和绝句中押韵的这个字应是平声字,不能是仄声字。而第三句不需要押韵,第三句的尾字是要用仄声字的。比如《静夜思》第三句"举头望明月"的"月"是仄声字，其他句的尾字"光""霜""乡"都是平声字。

知道了平仄和押韵是什么以后，我们来说一下写诗的诗谱。首先，每句诗中的偶数字需要平仄相反，比如"床前明月光"中，第二个字"前"和第四个字"月"，"前"是二声，属于平声字对不对？"月"是四声，属于仄声字对不对？所以说，五个字的诗句中，第二个和第四个字的平仄是相反的。那七个字的诗句中自然是第二个与第四个字，第四个与第六个字平仄相反了，比如"两个黄鹂鸣翠柳"中的"个""鹂""翠"，"个"和"鹂"，"鹂"和"翠"是平仄相反，这很容易对不对？一句诗中二、四字相反，四、六字相反，二、六字相同，这在诗里有个专有名字称"相替"。

每句诗的重点一般都会在二、四、六字上，写诗的口诀"一三五不论，二四六分明"就是这个道理。这个口诀能应对大多数的诗。

每首诗的规则一般也都是在二、四、六字上。比如第二句的二、四、六字需要和第一句的平仄相反,这叫"相对";第三句的二、四、六字又需要和第二句的平仄相同,这叫"相黏";第四句的二、四、六字又需要和第三句的平仄相反,这还是"相对"。

知道了这些,一首诗的诗谱就出来了。

举个五言诗的例子:

红豆生南国,

　　仄　平　　　每句诗中的二、四字平仄都是相反的,这是"相替"

春来发几枝。

　　平　仄　　　一、二句中的二、四字平仄相反,这是"相对"

愿君多采撷,

　　平　仄　　　二、三句中的二、四字平仄相同,这是"相黏"

此物最相思。

　　仄　平　　　三、四句中的二、四字平仄相反,还是"相对"

相替、相对、相黏和押韵，都是诗词的规则，小诗人们想必已经掌握了，是不是很简单？

再举个七言诗的例子：

月落乌啼霜满天，

　　仄　平　仄

江枫渔火对愁眠。

　　平　仄　平

姑苏城外寒山寺，

　　平　仄　平

夜半钟声到客船。

　　仄　平　仄

这是写诗的入门和基础，更高级的规则可以在小诗人们不断练笔和掌握更多诗词之后再系统学习。目前懂得这些基础知识已经可以让小诗人们提起笔来写一些自己的诗作了！

当然，无论怎样，小诗人们还是要多读诗、熟悉诗，然后多加练习，坚持不懈，一定会成为小"诗仙"的!

　　后面为小诗人们的多读多练准备了一些关于花的诗,让小诗人们学习古人是怎么写身边熟悉的花的,感受生活中和身边的诗意,还给小诗人们留了练习题练笔。愿小诗人们通过学习古人的诗句,不但能得到美的熏陶,而且能写下美丽的诗篇!

　　另外,小诗人们刚开始练笔,写好写坏都不要紧,重要的是敢写、能写、当乐趣写,具备一定的胆量。随便写无所谓,就当是玩儿了,写诗最重要的不是格律,而是培养自己对诗的感觉,对诗意的感悟力!

　　小诗人们刚开始写诗时很容易顾此失彼,但是,诗是写出来的,更是改出来的!如果刚开始写诗时做不到顾及诗的全部规则,那我们就多练几遍、多改几遍,古人写诗还要来回"推敲"呢!古人说"吟安一个字,拈断数茎须",

看看，为了改个字，胡须都要拈断几根呢！所以，小诗人们刚开始写时这没顾上那没顾上都不要紧，多练练，练熟了就好了，什么都是要手熟，就好了呀！最重要的是胆量，要敢于写！

小诗人们，准备好了吗？开始吧！

目 录

- 梅花 001
- 桃花 007
- 杏花 014
- 牡丹 021
- 丁香 027
- 栀子 033
- 茉莉 039
- 莲花 045
- 葵花 052

2　孩子身边的花与诗

牵牛 058
芦花 064
桂花 070
菊花 077
茶花 085
兰花 092
附录 099
诗话笔记 106

人若梅花香在骨
不着颜色也倾城

一、诗词

白 梅

元·王冕

冰雪林中著此身,不同桃李混芳尘。

忽然一夜清香发,散作乾坤万里春。

二、诗人介绍及诗词的意思

王冕，元代诗人、画家，擅长画梅花。

白梅志趣高洁，不愿同桃李在春天为伍，而是选择在艰苦的环境中锻炼自己。它在有冰雪的树林中孕育清香，积蓄力量，在某一天忽然绽放，把清香之气散开来，化作万里春色。

三、物候知识

梅花，冬末或早春时开放，是我国传统名花之一。《诗经》中有"山有嘉卉，侯栗侯梅"的记载，《山海经》中有"灵山有木多梅"的记载。

四、梅花的故事

南北朝刘宋时，宋武帝的女儿寿阳公主生得十分美貌。有一天，她在宫里玩累了，便躺卧于宫殿的檐下，当时正逢梅花盛开，一阵风吹过，梅花片片飞落，有几瓣恰巧掉在她的额头，留下斑斑花痕，寿阳公主被衬得更加娇柔妩媚。从此，爱美的寿阳公主就常将梅花贴在前额。后来，寿阳公主这种妆扮被人们称为"梅花妆"。

五、梅花的意象

1. 坚贞傲骨、内心坚强的象征。"零落成泥碾作尘，只有香如故。"

2. 不怕打击与挫折，敢为天下先的象征。"一朵忽先变，百花皆后香。"

3.朋友之间赠送的礼物,表示情深意重。"故人早晚上高台,赠我江南春色、一枝梅。""江南无所有,聊赠一枝春。""空山远,白云休赠,只赠梅花。"

六、咏梅花名诗名句

梅花

宋·王安石

墙角数枝梅,凌寒独自开。

遥知不是雪,为有暗香来。

七、写作小练习

现在你知道了梅花的生长环境、开放季节和特点,了解了关于梅花的小故事、象征意义,梅花哪一点打动了你?你认为梅花有哪些特点值得大家赞赏和学习？你能根据这些写一首诗吗？请把你的习作写在下面。

桃花

桃之夭夭
灼灼其华

一、诗词

扫一扫 听一听

江畔独步寻花（其五）

唐·杜甫

黄师塔前江水东，春光懒困倚微风。

桃花一簇开无主，可爱深红爱浅红？

二、诗人介绍及诗词的意思

杜甫,字子美,自号少陵野老,唐代大诗人,被后世尊称为"诗圣"。

黄师塔前那一江的碧波春水滚滚东流,温暖的春天使人困倦,只想倚着春风小憩。一簇无主的桃花开得正盛,究竟是爱深红还是爱浅红呢?

三、物候知识

桃花,春季开放,多为粉色,品种繁多。观赏型的桃树有碧桃、紫叶桃、鸳鸯桃、寿星桃等。桃花花期较短,一般为10~15天。

四、桃花的故事

唐德宗年间有一个才子叫崔护，虽家境优裕但仍刻苦读书，好学上进。一年春天，崔护上京赶考，结束后到南郊游玩。一路上绿树青枝，鸟儿啁啾和鸣，暖阳和风，瑞气宜人。崔护又看到村野边上有片桃花林，有一竹篱茅舍在桃林间若隐若现。崔护走了很久，口渴了，就来这户人家想要点儿水喝。崔护敲门后，有一个十六七岁的女子给他端了一碗水。女子嫣然浅笑，落落大方。她面色红润，肤色和桃花相映，令诗人想起"人面桃花"这个词。

由于这年考试的人很多且人才济济，他并没有考取功名。崔护郊游回去后，发奋努力，第二年高中。他又一次来到南郊那户人家，却发现人去屋空。桃林依旧，物是人非，崔护不无伤感，遗憾地留下一首诗："去年今日此门中，人面桃花相映红。人面不知何处去，桃花依旧笑春风。"以"人面桃花，物是人非"这样一个看似简单的人生经历道出了千万人都似曾有过的生活体验。这首诗后来也凝练成了一个成语——"人面桃花"。

五、桃花的意象

1. 桃花因为开在充满生机的阳春三月，象征着春天。
2. 青春的象征。
3. 因为它颜色好看，所以就成为女子容貌漂亮的代称。
4. 它花期短暂，经不起风吹雨打，让人觉得青春已逝，红颜易老。

六、咏桃花名诗名句

桃夭

《诗经》

桃之夭夭，灼灼其华。之子于归，宜其室家。

桃之夭夭，有蕡其实。之子于归，宜其家室。

桃之夭夭，其叶蓁蓁。之子于归，宜其家人。

七、写作小练习

桃花是青春的花朵，娇嫩妩媚；桃花也是易逝的花朵，花期短暂，如同青春的时光，容易引发人们对春光飞逝的感伤。也许小诗人们年龄还小，对此还不能深切体会，那就看看美丽的桃花，珍惜自己的年少时光，把自己对桃花的感悟凝练成诗句吧！

桃花　013

杏花疏影里
吹笛到天明

一、诗词

扫一扫 听一听

北陂杏花

宋·王安石

一陂春水绕花身,花影妖娆各占春。

纵被春风吹作雪,绝胜南陌碾成尘。

二、诗人介绍及诗词的意思

王安石,北宋诗人、政治家、改革家。

一条溪水围绕着盛开的杏花,花影倒映在明净清澈的春水之中,花与影交相辉映,生出千姿百态的美,各有风姿,各占春光。杏花即使被春风吹落到清澈的春水之上,其纯洁的灵魂却没有受到污染,不像开在南陌的杏花,虽然一时热闹,被风吹落后最终会被车轮马蹄碾为尘土,多么可悲。

这首诗表明了诗人的选择,即宁可在孤寂中保持自我本色,也不在热闹的迎来送往中丧失自己高尚的人格。

三、物候知识

杏树，蔷薇科，落叶乔木，春季开花，开花时花瓣呈粉红色，渐次变白。杏树是中国北方主要的栽培果树品种之一。杏肉黄软，香气扑鼻，酸甜多汁，是夏季主要水果之一。我国最早的医学典籍《黄帝内经》就把杏列为五果（杏、枣、李、栗、桃）之一。

四、杏的故事

三国时期，吴国有一位医生，名叫董奉，他常年为人治病，从不计较报酬。付不起钱的病情较重的人，他治好后就让病人种植五棵杏树；病情不重的人，他治好后就让病人种植一棵杏树。这样，十几年以后就有十几万棵杏树了。每到春天来临，董奉眺望这片一望无际的杏林，感到十分欣慰，后来就在林中修了一间草房，住在里面。待到杏子熟了的时候，他对人们说，谁要杏子，只要装一盆谷子倒入他的谷子仓，便可以装一盆杏子。董奉又把杏子换来的谷子用来救济贫苦的农民。后来人们在董奉隐居处修建了杏坛、报仙坛，以纪念董奉。"杏林"的故事流传了下来，"杏林"已成为医学界的代称。

五、杏花的意象

1. 杏花是春天的象征。"柳絮如烟迷晓浦，杏花飞雪点春波。"

2. 唐代进士及第后，皇帝赐宴于长安曲江池旁的杏园，后来用杏园比喻进士及第。唐代诗人郑谷《曲江红杏》："女郎折得殷勤看，道是春风及第花。"

六、咏杏花名诗名句

游园不值

宋·叶绍翁

应怜屐齿印苍苔，小扣柴扉久不开。
春色满园关不住，一枝红杏出墙来。

七、写作小练习

杏花代表春天，历代诗人都写有很多关于杏花的诗，如"日日春光斗日光，山城斜路杏花香""绿杨烟外晓寒轻，红杏枝头春意闹"。杏花开放预示着早春的花季就要来了。小诗人们可根据杏花的开放季节、颜色、姿态和意象等，写一首属于自己的杏花诗哟。

牡丹

国色朝酣酒
天香夜染衣

一、诗词

扫一扫 听一听

牡丹

唐·徐凝

何人不爱牡丹花,占断城中好物华。

疑是洛川神女作,千娇万态破朝霞。

二、诗人介绍及诗词的意思

徐凝，唐代诗人，长于七绝。另有名句"天下三分明月夜，二分无赖是扬州"。

有谁会不爱牡丹花呢？它美艳、壮观、奇绝，占尽了城中的风光，压倒群芳，是名副其实的"花中之王"。莫不是洛川神女在那里翩翩起舞吧？千娇万态如同绚烂的朝霞飞腾。

三、物候知识

牡丹是世界名花之一，在我国具有悠久的栽培历史，在唐代时就有"国色天香"的美誉。牡丹是芍药科落叶小灌木，初夏开花，花有白、粉、黄、红、紫、绿、墨等诸多颜色。因其花大、香浓、色艳而被看作"总领众芳"的"花王"。牡丹的别名有很多,如洛阳花、谷雨花、鹿韭、富贵花等。牡丹是富贵吉祥的象征,深受人们喜爱。

牡丹不仅有观赏价值,还有很高的药用价值。其根和皮可以入药,味辛、苦,有清热、活血行瘀、调经的作用。

四、牡丹的故事

相传武则天称帝的时候,命令百花在严冬季节开放,只有牡丹不从。武则天一怒之下便把牡丹贬到洛阳。牡丹在洛阳繁育开来,洛阳的牡丹花繁色艳,闻名天下,有"洛阳牡丹甲天下"之说。

五、牡丹的意象

1. 繁华、富贵的象征。"一丛深色花，十户中人赋。"

2. 尊崇的地位。"富贵风流拔等伦，百花低首拜芳尘。""雅称花中为首冠，年年长占断春光。"

3. 因传说牡丹不在冬日为武则天开放，所以它也成了不畏强权的象征。

六、咏牡丹名诗名句

赏牡丹

唐·刘禹锡

庭前芍药妖无格，池上芙蕖净少情。

唯有牡丹真国色，花开时节动京城。

七、写作小练习

在我国，牡丹以其雍容华贵、占尽"国色天香"的风光被推举到了宠冠一代的"花中至尊"的地位。唐代时，"赏牡丹"成为一桩举国若狂的民俗盛事，文人们更是争相歌咏，留下诸多佳作，凭其高明的艺术成就流芳百世。小诗人们可以多读读这些佳作，也可以写下自己关于牡丹的诗句。

丁香

向人微露丁香颗
一曲清歌 暂引樱桃破

一、诗词

扫一扫 听一听

丁香

唐·陆龟蒙

江上悠悠人不问,十年云外醉中身。

殷勤解却丁香结,纵放繁枝散诞春。

二、诗人介绍及诗词的意思

陆龟蒙，唐代文学家，字鲁望，号天随子、江湖散人、甫里先生。

丁香长在江边，无人问津，自己远离尘俗，隐居在大江之上，得不到人们的关注，十年的积累也只能是自我陶醉。愁闷烦结，自己聊发情趣，将丁香花结解开，让丁香花随意开放。

这首诗表达了诗人渴望被赏识、能够施展才华的愿望。

三、物候知识

丁香，夏季开花，花淡紫色，花朵密集，香气袭人，是人们喜爱的观赏花木之一。丁香花朵纤小文弱，花冠长筒状，给人以欲放未尽之感。

丁香是一种香料，桃金娘科的丁香，自汉代以来，芳菲不绝，存在于香谱和中药柜中。在古代，丁香常被用作香口之物，类似今天的口香糖。含香奏事，欲使气息芬芳也，朝中官员面见皇帝，需要含丁香。

四、丁香的故事

相传，唐代著名的宫廷诗人宋之问在武则天掌权时曾充任文学侍从，他觉得自己仪表堂堂，又满腹诗文，理应受到武则天的重用，可武则天一直对他避而远之。他百思不得其解，于是写了一首诗呈给武则天，希望得到重视。谁知武则天读后，对一近臣说："宋卿哪方面都不错，就是有口臭。"后来宋之问听说了此事，羞愧无比，从此便一出门就含着丁香，以解口臭。"口香糖之祖"应该非丁香莫属了。

五、丁香的意象

1. 愁思、情结。因丁香花苞多而细小,诗人把丁香的花苞看作百思千结的愁绪。"自从南浦别,愁见丁香结。"

2. 相思。"相思只在,丁香枝上,豆蔻梢头。"

3. 古代的香口之物。"向人微露丁香颗,一曲清歌,暂引樱桃破。"

六、咏丁香名诗名句

丁香和韵

清·邹升恒

春空烟锁缀星星,两树琼枝占一庭。

交网月穿珠络索,小铃风动玉冬丁。

傍檐结密人难拆,拂座香多酒易醒。

只恐天花散无迹,拟将湘管写娉婷。

七、写作小练习

丁香花有白有紫,香气浓郁。下雨的时候,花里含着颤颤欲滴的雨珠,格外引人怜爱。小诗人们欣赏着美丽的丁香花,一定会有很多诗句涌出来吧!

栀子

妇姑相唤浴蚕去
闲看中庭栀子花

一、诗词

扫一扫 听一听

栀子花诗

明·沈周

雪魄冰花凉气清,曲阑深处艳精神。

一钩新月风牵影,暗送娇香入画庭。

二、诗人介绍及诗词的意思

沈周，字启南，号石田，工诗善画。

晶莹剔透如冰雪般的花带着清爽的凉气，立在曲折的长廊深处，灿烂盛开，精神抖擞。在金钩般的新月的照耀下倩影随风晃动，暗自把淡淡的清香送入画室。

三、物候知识

栀子，又名黄栀子，茜草科。叶色四季常绿，花芳香。单叶对生或三叶轮生，叶片长椭圆形，革质，翠绿有光泽。浆果倒卵形，黄色或橙色。另外栀子也是上佳的染料，古人常用它来染衣服。

四、栀子的故事

相传,栀子花是天上七仙女之一,她憧憬人间的美丽,就下凡变为一棵花树。一个年轻的小伙子孑然一身,生活清贫,在田埂边看到了这棵栀子树,就移回了家,对其百般呵护。小树生机盎然,开了许多洁白的花朵。为了报答他移栽呵护的恩情,她白天化成人为他洗衣做饭,晚间变回栀子散发迷人的芳香,舒缓他的疲惫。后来周围邻居知道了,就都种起了栀子。

五、栀子的意象

栀子谐音"执子",象征爱情。栀子又名同心花,一说因其花朵形状,一说因其结子同心。"与我同心栀子,报君百结丁香。""庭前佳树名栀子,试结同心寄谢娘。"

六、咏栀子名诗名句

江头四咏·栀子
唐·杜甫

栀子比众木,人间诚未多。

于身色有用,与道气伤和。

红取风霜实,青看雨露柯。

无情移得汝,贵在映江波。

七、写作小练习

　　栀子花开如玉如雪,清香沁人,绿叶白花,繁花灿烂,清幽雅致,用多么美丽的诗句来描摹它也不为过。小诗人们快快拿起笔写一首关于栀子花的诗篇吧!

茉莉

茉莉独立幽更佳
龙涎避香雪避花

一、诗词

扫一扫 听一听

茉莉花

明·陈淳

茉莉开时香满枝,钿花狼藉玉参差。

茗杯初歇香烟烬,此味黄昏我独知。

二、诗人介绍及诗词的意思

陈淳,明代画家,字道复,后以字行,更字复甫,号白阳,又号白阳山人。

夏季黄昏,一丛茉莉花开放,繁盛至极,阵阵清香扑鼻而来,在昏夜月下,茉莉的小花朵有如碎玉般参差不齐,开得十分繁盛。面对此花,端茶细品,香烟缭绕,清香阵阵,正值落日西沉,黄昏初上,这个味道,只有我自己知道。

三、物候知识

茉莉,木樨科,常绿直立或近攀缘灌木。茉莉喜温暖湿润、阳光充足,其叶色翠绿,花色洁白，香气浓郁，是最常见的盆栽芳香植物之一。茉莉有着良好的保健和美容功效，可以食用和制茶。

四、茉莉的故事

茉莉花最大的特点就是芳香浓烈。夏季开花最盛，且常在夜间开放。宋孝宗曾于广庭中置数十盆茉莉花，以风车鼓吹，令之清香满庭。

五、茉莉的意象

1. 洁白、芳香。"露华洗出通身白，沉水熏成换骨香。"

2. 佛前放置的香花。"茉莉名嘉花亦嘉，远从佛国到中华。"

六、咏茉莉花名诗名句

茉莉吟

宋·金朋说

一种秋容淡素妆,西风吹破几枝芳。

琼葩玉蕊金飙夜,疑是梅花入梦香。

七、写作小练习

夏风吹过,茉莉摇曳多姿,风情万种。写茉莉的诗一般会从它的白和香入手,如"冰雪为容玉作胎,柔情合傍琐窗隈。香从清梦回时觉,花向美人头上开","疏放一枝浑似雪","夜深绿雾侵凉月,照晶晶、花叶分明"。还有从它的绿入手,如"翠袖冰肌摇淡月。万蕊艳晴雪。沆瀣滴花梢,点入茶瓶,绿乳浇铜叶"。一种花有这么多的特质,写出一首佳作来不困难吧?

莲花

采莲南塘秋
莲花过人头

一、诗词

扫一扫 听一听

莲花

唐·温庭筠

绿塘摇滟接星津,轧轧兰桡入白蘋。

应为洛神波上袜,至今莲蕊有香尘。

二、诗人介绍及诗词的意思

温庭筠，原名岐，字飞卿，唐代诗人、词人，被尊为花间词派的鼻祖。

莲花叶子肥大，展开后浮在水面，密密相连，风吹过时，莲叶婆娑起舞，池塘碧波荡漾，绿光闪闪。放眼望去，无边无际，远处仿佛与天河相接一般。荷塘上不远处驶来一叶扁舟，船桨划破水面，轻轻地进入了长满白蘋的水域。仿佛洛神步履轻盈地走在荷塘的水面上，以至于鲜艳的莲花蕊上都留下了洛神带来的那股浓郁的香气。

三、物候知识

莲,多年生草本植物,又名荷、芙蓉等。其花单生,有单瓣、重瓣之别;其色多样,常见为桃红和纯白两种。地下茎横生,呈圆柱形。节间肥大,内有许多孔眼。须根生于节上,叶柄挺出水面,叶片圆形盾状,蓬上有许多蜂窝状孔洞,每孔生一小果。藕可食用,荷之节可药用,莲子更有健脾止泻、养心养肾之效。

四、莲的故事

传说,哪吒本来是玉帝座下的一个罗汉仙,因为民间妖怪作乱,玉帝就令他下凡救人。于是他投胎到李靖家,李靖妻怀孕三年六个月才生下了这个婴儿。李父为他取名哪吒。

李靖全家人对这个怪异的孩子感到恐慌不安，这时李家来了一个神仙，自称是太乙真人，要收这个孩子为徒。哪吒三岁的时候，本领就非同小可，他大闹东海龙宫，打败了龙宫太子还抽了他的龙筋。李父非常生气，哪吒就剔骨还肉以报父母孕育生命之恩，只剩一息游魂去找太乙真人。

太乙真人以莲为骨，重塑哪吒肉身，哪吒又活了过来。哪吒之所以借莲重生，是因为中国人自古热爱莲，莲是被尊奉的至妙、至神、至圣之物的象征之一。圣洁的莲在人们心中占据至尊地位，与莲结缘是人们的福分。民间传说中，哪吒以莲为身，意味着使其彻底脱凡去俗，走向神圣，走向永生。

五、莲花的意象

1. 高洁、圣洁。如周敦颐《爱莲说》中"予独爱莲之出淤泥而不染,濯清涟而不妖"。

2. 清廉。青莲与"清廉"谐音,因此莲花也被用以比喻为官清正。

3. 纯洁、美好的爱情。莲最适合象征爱情,莲花并蒂,莲藕丝长,表示男女情思的缠绵。

4. 美人。诗人经常将莲花比作美女。"荷花宫样美人妆,荷叶临风翠作裳。"

六、咏莲花名诗名句

晓出净慈寺送林子方
宋·杨万里

毕竟西湖六月中,风光不与四时同。
接天莲叶无穷碧,映日荷花别样红。

七、写作小练习

我国有许多关于莲花的诗句,小诗人们也亲自写一首莲花诗,为我国的莲花诗增添一篇佳作吧!

更无柳絮因风起
惟有葵花向日倾

一、诗词

和石昌言学士官舍十题·葵花

宋·梅尧臣

此心生不背朝日,肯信众草能翳之。

真似节旄思属国,向来零落谁能持。

二、诗人介绍及诗词的意思

梅尧臣，字圣俞，北宋现实主义诗人。

葵花一生不背离朝阳，那些长长短短的杂草岂能遮挡住葵花？高岸挺拔之木远非那些低矮众草所能遮蔽的，正人雅士的高风亮节也绝非小人们的流言所能诋伤的。秋风吹动，葵花秆如苏武牧羊时所持的节旄一样于瑟瑟风中屹立不改其志。

三、物候知识

葵花，又名向日葵、朝阳花，菊科，一年生草本植物。茎直立，植株强壮。茎圆形多棱角，质硬被粗毛。叶通常互生。头状花序，花盘边缘生金黄色的舌状花，花盘中部的管状花能结实。葵花具向光性。《花镜》："向日葵一名西番葵。高一、二丈，叶大于蜀葵……其形如盘，随太阳回转，如日东升则花朝东，日中天则花直朝上，日西沉则花朝西。"

四、葵花的故事

传说中有一位美丽的姑娘爱上了太阳神，可是人神不能相恋，姑娘只能每天注视着天空，看着太阳神驾着金碧辉煌的日车划过天空。她每天都这样呆坐着，头发散乱，面容憔悴，一到日出，她便望向太阳。后来，天神怜悯她，把她变成一朵金黄色的向日葵，永远向着太阳，每日追随太阳神，向他诉说她永远不变的爱恋。

五、葵花的意象

忠诚，志向不改。"可曾沾雨露，不改向阳心。""莫言颜色异，还是向阳心。"

六、咏葵花名诗名句

秋葵
唐·唐彦谦

月瓣团栾剪赪罗，长条排蕊缀鸣珂。

倾阳一点丹心在，承得中天雨露多。

葵花
宋·刘敞

白露清风催八月，紫兰红叶共凄凉。

黄花冷淡无人看，独自倾心向太阳。

七、写作小练习

　　葵花,又叫太阳花,是最常见的花之一。葵花最大的特点就是追随阳光。其花色金黄,成片开放,别有一番金灿灿的丰收景致。葵花朴实无华,葵花籽可以榨油,这使得它在欣赏之外又多了实际的效用,因而得到了许多赞美。小诗人们可以从它不忘初心,始终向阳,又有许多的实际作用出发,写一首葵花诗。

月有微黄篱无影
挂牵牛数朵青花小

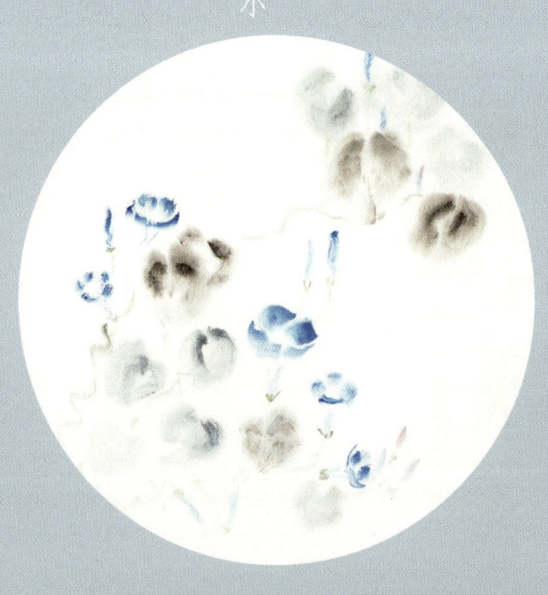

一、诗词

扫一扫 听一听

牵牛花三首（其一）

宋·杨万里

素罗笠顶碧罗檐，晚卸蓝裳著茜衫。

望见竹篱心独喜，翩然飞上翠琼簪。

二、诗人介绍及诗词的意思

杨万里，字廷秀，号诚斋，南宋著名诗人，与陆游、尤袤、范成大并称为"中兴四大家"。

牵牛花犹如一位美丽的女子，在炎炎夏日头顶遮阳的斗笠，洁白色的笠顶，碧绿的檐边，上午还是蓝色罗衫，晚上就换成红色的纱裙。她站在碧绿的篱笆院墙边，微露笑颜，头上插着翡翠的玉簪，款款而来。

三、物候知识

牵牛花，又名喇叭花，旋花科，一年生缠绕草本，故最宜于篱间、树丛灌木间生长。蔓长条柔，秋季开花，花色甚多，有蓝、白、淡紫等。

四、牵牛的故事

很久以前,伏牛山有一对双生姐妹,她们在刨地时,刨出个银光闪闪的喇叭。神仙告诉她们:"金牛山里有一百头金牛,这个喇叭就是开金牛山的钥匙,打开山门之后,人进去,抱回一头金牛,够吃喝一辈子。但有一条,不能用嘴吹喇叭,否则金牛就会变成活牛跑出来。"

姐妹俩最后决定把金牛变成活牛,分给穷苦的乡亲们耕地用。于是,姐妹俩来到金牛山,打开山门后发现果然有一百头金牛。她们便拿起喇叭吹了起来。随着喇叭声响,金牛都变成了活牛,顺着山洞向外冲。最后一头牛却被卡在了山洞里,姐妹俩便跑了回去,用力把牛推了出来。她俩刚准备出去,山门却已经闭合了,她俩被卡在了里面。

第二天，那个银喇叭被朝阳一照，变成了喇叭花。乡亲们为了纪念双生姐妹，就把这喇叭花叫作"牵牛花"。

五、牵牛的意象

牵牛是星，是花，也是药。天上有牵牛星，花中有牵牛花，药中有牵牛子，"野花照天星，星中花亦盛"。它也是一味中药，"《本草》载药品，草部见牵牛。薰风篱落间，蔓生甚绸缪。谁琢紫玉簪，叶密花仍稠"。

六、咏牵牛名诗名句

牵牛花

宋·林逋山

圆似流钱碧剪纱，墙头藤蔓自交加。
天孙滴下相思泪，长向秋深结此花。

七、写作小练习

牵牛花是我们在秋季常见的花。开花时，人们还能看到星星在天上眨眼，"花蔓相连延，星宿光未收"。牵牛花通常只在早上开放，正所谓"采之一何早，日出颜色休"。古代的诗人对牵牛花的观察可谓细致入微，我们学习之余也可以创作和补充一些感悟融入自己的诗中。

芦 花

蒹葭苍苍
白露为霜

一、诗词

扫一扫 听一听

芦花

唐·雍裕之

夹岸复连沙,枝枝摇浪花。

月明浑似雪,无处认渔家。

二、诗人介绍及诗词的意思

雍裕之,中唐诗人,工乐府,极有情致。

江岸两边是平旷的沙滩,水中长满了密密匝匝的芦苇,那白白的芦花在晚风的吹拂下此起彼伏,像掀起的白色浪花。一轮明月当空,银白色的芦花像雪一样,白茫茫一片,让人认不出渔翁的家在哪里。

三、物候知识

芦苇,古称蒹葭,多年生草本,多生长在沼泽之中,其状似竹,而叶抱茎生,茎中空而直。秋季开花,圆锥花序,呈穗状,白色,有绒毛状花絮,秋风吹来,四处飘飞,非常好看。

四、芦花的故事

一天,一棵大树被一阵狂风给刮断了。大树看到纤细弱小的芦苇并未受到一点儿损伤,便询问道:"为何我这般粗壮坚硬都被狂风刮断了,而纤弱的你却没有一点儿事呢?"芦苇回答说:"我们知道自己软弱无力,便低下头给风让路,避免了狂风的冲击,以柔克刚。"

五、芦花的意象

1. 秋天的象征。芦花在秋天开,所以芦苇是秋天的象征。

2. 芦花四处飘飞,是游子的象征。

3. 代表水边。"蒹葭苍苍,白露为霜。所谓伊人,在水一方。"

六、咏芦花名诗名句

蒹葭

唐·杜甫

摧折不自守，秋风吹若何。

暂时花戴雪，几处叶沉波。

体弱春风早，丛长夜露多。

江湖后摇落，亦恐岁蹉跎。

七、写作小练习

秋天，芦苇的白头令诗人伤感秋天之来临，也伤感白发之早生。芦苇长在水边，倒映在水中的身姿曾入得多少诗篇。芦苇不仅美丽，也非常实用，古代的席子和棚子基本上都是用竹子、高粱和芦苇编成的。在抗日战争时期，密密芦苇荡掩护了很多战士。小诗人们赶快拿起笔来描绘这美丽的芦苇吧!

人闲桂花落
夜静春山空

一、诗词

鹧鸪天·桂花

宋·李清照

暗淡轻黄体性柔，情疏迹远只香留。何须浅碧深红色，自是花中第一流。

梅定妒，菊应羞，画阑开处冠中秋。骚人可煞无情思，何事当年不见收。

二、诗人介绍及诗词的意思

李清照,号易安居士,宋代女词人,婉约词派代表,有"千古第一才女"之称。

桂花虽然性情疏淡,仿佛是位远遁山林的隐者,但那浓郁的芬芳却长留人间。不需要具有名花的红碧颜色,桂花色淡香浓,应属最好的。

梅花一定妒忌,菊花自当羞惭,桂花是秋天里百花之首,天经地义。可惜屈原对桂花没有太多情意,不然,他在《离骚》中赞美那么多花,为什么没有提到桂花呢?

三、物候知识

桂花,又称木犀,木樨科。原产我国,已有两千五百年以上的栽培史。桂花为常绿灌木或小乔木。叶对生,深绿色。其花白者为银桂,黄者为金桂,红者为丹桂。

四、桂花的故事

民间相传,在月亮上有一个广寒宫,广寒宫前有一棵桂树,枝繁叶茂,五百多丈高。

有一个人叫吴刚,他曾跟随仙人修道,修道成功后来到了天界,后来他不小心犯了错误,就被贬到广寒宫,每天坚持在此砍伐桂树。

然而,每当他的斧子离开砍口以后,砍口

就会立即闭合,几千年以来都是这样,这意味着这棵桂树永远也不可能被砍倒。但他依然这样坚持着,日复一日,月复一月,年复一年,永远没有止境。

五、桂花的意象

1. 功名。"何年也向蟾宫里,折下一枝金桂来。"

2. 高洁。桂花清雅高洁,屈原《楚辞》之中屡屡赞美其高洁,在其他诸多诗作中桂花也往往是贞洁之士的化身。

3. 月亮的象征。传说月亮上有桂树,所以月亮又称为"桂魄"。

六、咏桂花名诗名句

咏岩桂

宋·朱熹

亭亭岩下桂,岁晚独芬芳。

叶密千层绿,花开万点黄。

天香生净想,云影护仙妆。

谁识王孙意,空吟招隐章。

七、写作小练习

"他年折桂步蟾宫,必定有我",这是郭沫若小时候对着私塾先生说出的豪言壮语。折桂,就是夺冠的意思。小诗人们在学习中应该最希望的就是折桂吧。啊,桂花糕、桂花糖、桂花酱、桂花茶,好多好吃的!哈哈,看来,桂花可吟唱的地方多着呢！小诗人们赶紧动手写一些关于桂花的诗吧！

菊花

采菊东篱下
悠然见南山

一、诗词

扫一扫 听一听

菊花

唐·元稹

秋丛绕舍似陶家，遍绕篱边日渐斜。

不是花中偏爱菊，此花开尽更无花。

二、诗人介绍及诗词的意思

元稹，字微之，别字威明，河南洛阳人，唐朝诗人、文学家。

一丛丛的秋菊环绕着房屋，好似到了陶渊明的家，绕着篱笆观赏菊花，不知不觉太阳已经快落山了。不是因为百花中偏爱菊花，只是因为菊花开过之后再无花可赏。

三、物候知识

几千年来，我国人民形成了爱菊、赏菊的传统风俗。每年农历九月初九重阳节时，一朵朵、一簇簇的菊花争奇斗艳，姹紫嫣红，交相映衬，惹人喜爱。

菊花，菊科，多年生草本。菊花在我国有悠久的栽培历史。《礼记》中就有"季秋之月……菊有黄华"的记载。菊花的种类极多，按花朵大小可分为大菊、小菊等，按花瓣形状可分为管瓣、平瓣等。菊花的颜色极多，依不同品种而呈红、黄、紫、白、墨、绿诸色。

菊花具有清热解暑、疏风降火的功效，往往用于清肝明目等。

四、菊花的故事

蒲松龄《聊斋志异》中记载了一个关于菊花的故事。

有一个叫马子才的人喜爱菊花，一年，家中一位客人告诉他，自己的表亲家有一两种珍稀菊花，马子才便去搜寻，在回来的路上遇到了陶氏姐弟。他们颇有种植菊花的技艺，马子才便邀两人在家里住下。

过了一段时间，陶生前来找他，称自己姐弟二人的吃穿用度总是依赖着他，他觉得愧疚，决定靠卖花为生。马子才觉得菊花高洁，因此对陶生的行为颇为不耻。

不过从那之后，陶生常常拾捡马子才扔掉的残根回去种植，种出来的竟都是奇异品种。陶生的生意也越做越大，马子才很吃惊，前去找他请教，他却婉言拒绝了。

之后，陶生时常秋季回来卖花，花卖完便出门而去，隔年才回来。后来，陶生的姐姐黄英嫁给了马子才，有了陶生之前的积蓄，两人生活十分富足。

有一天，马子才在金陵遇到了陶生，便请他回家居住，陶生答应了。陶生常常与人饮酒，有一天他大醉，出门摔倒后竟化作了一株一人高的菊花。马子才大惊，将此事告诉了妻子。妻子却不吃惊，连忙将菊花从土中拔出来放在地上，第二天陶生又"活"了过来。马子才这才知道，他们姐弟二人都是菊花精。

陶生又一次化作菊花后，马子才自行将菊花从土中拔出来放在地上，谁知陶生却因此而死。死后其身化为残根，黄英拾捡了残根种在盆中，后来竟又长出了菊花，用酒浇它，便长得更茂盛，花叶带有酒香，称之为"醉陶"。

五、菊花的意象

1. 坚贞高洁的品质。作为傲霜花，菊花一直是品格坚强、不随流俗、清高孤傲的人格写照。"不畏风霜向晚欺，独开众卉已凋时。""宁可枝头抱香死，何曾吹落北风中。"

2. 高洁的隐士，隐逸情怀。"吾家颇有东篱菊，归去秋风耐岁寒。""菊，花之隐逸者也。"

3. 形容人到晚年。"黄花白发相牵挽，付与时人冷眼看。"

4. 秋天的象征。"秋霜造就菊城花，不尽风流写晚霞。""淡巷浓街香满地，案头九月菊花肥。"

5. 重阳节的象征。"短篱残菊一枝黄。正是乱山深处、过重阳。"

六、咏菊花名诗名句

寒菊

宋·郑思肖

花开不并百花丛，独立疏篱趣未穷。

宁可枝头抱香死，何曾吹落北风中。

七、写作小练习

菊花种类繁多，菊花茶还可以清热去火。而且菊花经霜开放，品格高洁。历来赞颂菊花的诗篇很多，菊花有这么多可写的特质，小诗人们也来写一篇菊花诗吧。

茶花

山茶孕奇质
绿叶凝深浓

一、诗词

扫一扫 听一听

邵伯梵行寺山茶

宋·苏轼

山茶相对阿谁栽,细雨无人我独来。

说似与君君不会,烂红如火雪中开。

二、诗人介绍及诗词的意思

苏轼，字子瞻，号东坡居士，北宋著名文学家、书法家、画家，宋代文学成就的代表人物之一，"唐宋八大家"之一。

我不知道与我相对的山茶花是谁栽种的，在蒙蒙细雨中，我独自一人来欣赏。想说些什么，你却不理会，山茶花像火一样，在下雪时依旧开得灿烂。

这首诗一赞山茶雪里红花鲜艳异常；二赞山茶岁寒之姿，品格坚贞。

三、物候知识

茶花，常绿灌木或小乔木。茶花花期较长，

花朵颜色鲜艳，有白、黄、深紫、淡红诸色，深得人们喜爱。

四、茶花的故事

诗人卢肇偶尔外出，结果他新栽培的红色茶花被朋友偷偷移走了。他归来后，连追带赶，并且赋诗一首索要自己的茶花。该诗为："严恨柴门一树花，便随香远逐香车。花如解语还应道，欺我郎君不在家。"诗的大意是："十分可恨的是，我刚栽培的茶花正在盛开，满树开花，却被朋友悄悄移走，于是我便追随着花香去追赶。如果茶花能够说话，一定会说'你竟然欺负我郎君不在家，就把我抢走了'。"

卢肇这首诗写得非常诙谐幽默。趁诗人不在家来偷偷移栽的"采花大盗"，自然是诗人的好朋友，同时也是一个非常喜欢茶花的同好之人，知道诗人不会割爱，因此趁诗人出门后前去"盗"花。结果诗人回来一看便急忙追赶，到朋友家索要茶花，临走还赋诗一首，说朋友把自己的"夫人"给抢走了。

卢肇如此雅趣，如此爱花，也令茶花声名远播。

五、茶花的意象

1. 耐寒，持久。"似共东风解相识，一枝先已破春寒。"

2. 茶花顶霜傲雪，象征着勇敢、正直和抗争。

六、咏茶花名诗名句

山茶一树自冬至清明后著花不已

宋·陆游

东园三日雨兼风,桃李飘零扫地空。

惟有山茶偏耐久,绿丛又放数枝红。

七、写作小练习

茶花花姿绰约,花色鲜艳,许多诗人都对此加以赞颂。人们总结了茶花的特质:温润端丽,艳而不妖;枝干高耸四五丈,大可合抱;性耐霜雪,四季常青;花朵次第开放,花期两三个月;茶花水养于瓶中,十多天颜色不变。这些特性使得茶花受到人们的喜爱。小诗人们下笔写一写看到的茶花吧!

茶花　091

爱此王者香
著花秀中庭

一、诗词

扫一扫 听一听

三花斛三首·其三·兰花

宋·杨万里

雪径偷开浅碧花，冰根乱吐小红芽。

生无桃李春风面，名在山林处士家。

政坐国香到朝市，不容霜节老云霞。

江蓠圃蕙非吾耦，付与骚人定等差。

二、诗人介绍及诗词的意思

诗人介绍见第 60 页。

雪中悄悄地开了一簇浅绿色的花，它的根深植于冰雪中，还长出了嫩嫩的芽。兰花生来就没有春风桃李般雍容华贵的美艳娇容，名声远扬在清雅不凡的处士之家。它的香纯正清雅，是正统的国香，它凌霜傲雪如同菊花。一般的花草都不能与之相提并论，只有具备兰花一样品格的人才能给兰花正确的品级评价。

三、物候知识

兰花在中国有一千余年的栽培历史。中国人历来把兰花看作是高洁典雅的象征，并将其与梅、竹、菊并列，合称"花中四君子"。兰花修长健美，叶姿优雅俊秀，花色艳丽多变，香味清醇久远，凌霜冒寒吐芳，实为可贵。

四、兰花的故事

孔子爱兰花，说兰有"王者香"，曾作《幽兰操》，歌颂美丽的兰花。孔子特别重视个人思想品质的修养，在兰花身上寄托了深切的感情。孔子曾用一系列比喻说明交友和环境对品行的影响：常和品行高尚的人在一起，就像沐浴在种着芝兰散满香气的屋子里一样，时间长了便闻不到香味，但本身已经充满香气了；常和品行低劣的人在一起，就像到了卖咸鱼的地方，时间长了也闻不到臭味，因为融入环境里了，所以说真正的君子必须谨慎选择自己处身的环境。从此"芝兰之室"就成为良好环境的代名词。

五、兰花的意象

1. 结拜之情。对友情契合而结拜成兄弟或姐妹的称"金兰之好"。"虽未谱金兰,前生信有缘。"

2. 高尚。兰花风姿素雅,花容端庄,幽香清远,自古以来人们就把兰花视为高洁和坚贞不渝的象征。"幽兰生前庭,含薰待清风。"

3. 中国人根深蒂固的民族感情与性格认同。对于中国人来说,兰花在民族感情方面有深层意义。它被誉为"花中君子""王者之香",象征着一个民族内敛的性格特点。

六、咏兰花名诗名句

芳兰

唐·李世民

春晖开紫苑,淑景媚兰场。

映庭含浅色,凝露泫浮光。

日丽参差影,风传轻重香。

会须君子折,佩里作芬芳。

七、写作小练习

兰花是我国名花,叶子碧绿修长,气味清香幽远。小诗人们可以根据自己对兰花的印象写一首兰花诗吗?

附 录

平水韵表

上平声

一东：东同童僮铜桐峒筒瞳中衷忠盅虫冲终忡崇嵩菘戎绒弓躬宫穹融雄熊穷冯风枫疯丰充隆窿空公功工攻蒙濛朦蓇笼胧栊咙聋珑硔泷蓬篷洪荭红虹鸿丛翁嗡匆葱聪骢通棕烘崆

二冬：冬咚彤农侬宗淙惊锺钟龙茏舂松淞冲容榕蓉溶庸佣慵封胸凶匈汹雍邕痈浓脓重从逢缝峰锋丰蜂烽葑纵踪茸蛩邛筇䝬供蚣喁

三江：江豇窗邦降双泷庞舡撞䦱扛杠腔釭梆厖桩幢蛩

四支：支枝肢移为垂吹陂碑奇宜仪皮儿离迟龟眉悲之芝时诗棋旗辞词期祠基疑姬丝司葵医帷思施知驰池规危夷师姿滋持随痴维卮糜麾墀弥慈遗肌脂雌披嬉尸狸炊湄篱兹差疲茨卑亏蕤骑歧岐谁斯澌私窥熙欺疵赀

羁彝髭颐资縻饥衰锥姨夔衹涯伊追耆缁萁箕椎累篪荾匙脾坻嶷治骊綦怡尼漪牺饴而鸱推陲魑锤缡璃蠃陂藦芪畸羲曦欤猗崎崖筛狮蛳绥虽粢瓷鳌痍惟唯机耆逶岿丕毗枇貔楣霉辎蚩媸娭飔坻莳鲥鹂答漓贻禧噫其琪祺麒栀鹂累跜琵祁骐訾咨睢馗胝鳍蛇陴淇丽厮僖嘻琦怩熹孜罹磁痿隋透郦嵋椅

五微：微薇晖辉徽挥韦围帏违闱霏菲妃飞非扉肥威祈畿机几讥玑稀希衣依归饥矶欷诽绯睎葳巍沂圻顾

六鱼：鱼渔初书舒居裾琚车渠蕖余予誉舆胥狙锄疏蔬梳虚嘘墟徐猪闾庐驴诸储除滁蜍如畲淤妤苴葅沮俎龉茹榈於祛蘧疽蛆醵纾樗躇欤据

七虞：虞愚娱隅无芜巫于衢癯瞿氍儒襦濡须需朱珠株诛朱铢蛛殊俞瑜榆愉逾渝窬谀腴区躯驱岖趋扶符凫芙雏敷麸夫肤纡输枢厨俱驹模谟摹蒲逋胡湖瑚乎壶狐弧孤辜姑觚菰徒途涂荼图屠奴吾梧吴租卢鲈炉芦颅垆蚨孥帑苏酥乌污枯粗都苯侏姝禺拘嵎踟桴俘臾萸吁滹瓠糊醐呼沽酤泸舻鸬鹜匐葡铺菟诬呜迂盂竽趺毋孺酴鸪骷刳蛄晡蒱葫呱蝴劬狙猢鄃孚

八齐：齐黎犁梨妻萋凄堤低题提蹄啼鸡稽兮倪霓西栖犀嘶撕梯鼙赍迷泥溪蹊圭闺携畦秭跻奚脐醯鹥蠡醍鹈奎批砒睽荑篦畜藜猊蜺羝

九佳：佳街鞋牌柴钗差崖涯偕阶皆谐骸排乖怀淮豺侪埋霾斋槐睚崽楷秸揩挨俳

十灰：灰恢魁隈回徊槐梅枚玫媒煤雷颓崔催摧堆陪杯醅嵬推诙裴培盔偎煨瑰苕追胚徘坯桅傀儡莓开哀埃台苔抬该才材财裁栽哉来莱灾猜孩徕骀胎唉垓挨皑呆腮

十一真：真因茵辛新薪晨辰臣人仁神亲申身宾滨槟缤邻鳞麟珍瞋尘陈春津秦频苹颦濒银垠筠巾囷民岷泯珉贫莼淳醇纯唇伦轮沦抡匀旬巡驯钧均榛莘遵循甄宸纶椿鹑屯呻粼辚磷呻伸绅寅姻荀询峋氤恂嫔彬皴娠闽纫湮肫逡菌臻䜩

十二文：文闻纹蚊云分氛纷芬焚坟群裙君军勤斤筋勋薰曛醺芸耘芹欣氲荤汶汾殷雯贲纭昕熏

十三元：元原源沅鼋园袁猿垣烦蕃樊喧萱暄冤言轩藩媛援辕番繁翻幡璠鸳鹓蜿湲爰掀燔圈谖魂浑温孙门尊存敦墩炖暾蹲豚村屯囤盆奔论昏痕根恩吞荪扪昆鲲坤

仑婚阍髡馄喷猁饨臀跟瘟飧楯

十四寒：寒韩翰丹单安鞍难餐檀坛滩弹残干肝竿阑栏澜兰看刊丸完桓纨端湍酸团攒官观鸾銮峦冠欢宽盘蟠漫叹邯郸摊玕拦珊浚鼾杆跚姗殚箪瘅谰玃倌棺剜潘拼盘般螨瘢磐瞒谩馒鳗钻挊邗汗翰

十五删：删潸关弯湾还环鬟寰班斑蛮颜奸攀顽山闲艰间悭患孱潺擐菅般颁鬟疝讪斓娴鹇鳏殷纶

下平声

一先：先前千阡笺天坚肩贤弦烟燕莲怜连田填巅鬈宣年颠牵妍研眠渊涓捐娟边编悬泉迁仙鲜钱煎然延筵毡旃蝉缠廛联篇偏绵全镌穿川缘鸢旋船涎鞭专圆员乾虔愆权拳椽传焉嫣鞯褰骞铅舷跹鹃筌痊诠悛先邅禅婵躔颛燃涟琏便翩癫阗钿沿蜒胭芊鳊胼滇佃畋咽湮狷蠲蔫骞膻扇棉拴荃籼砖挛儇璇卷扁单溅犍

二萧：萧箫挑貂刁凋雕迢条髫调蜩枭浇聊辽寥撩寮僚尧宵消霄绡销超朝潮嚣骄娇蕉焦椒饶硝烧遥徭摇谣瑶韶昭招镳瓢苗猫腰桥乔娆妖飘逍潇鸮骁祧鹪鹩缭燎嘹天幺邀要姚樵谯憔标飚嫖漂剽佻韶苕嶕噍晓跷侥了魈

峣描钊轺桡铫鹞翘枵侨窑礁

三肴：肴巢交郊茅嘲钞包胶苞梢姣庖匏坳敲胞抛蛟崤鲛鞘抄蜇咆哮凹淆教跑艄捎爻咬铙茭炮泡鲛刨抓

四豪：豪劳毫操髦绦刀萄猱褒桃糟旄袍挠蒿涛皋号陶鳌曹遭羔糕高搔毛艘滔骚韬缲膏牢醪逃濠壕饕洮淘叨啕篙熬遨翱嗷臊嗥尻麈螯獒牦漕嘈槽掏唠涝捞痨毷

五歌：歌多罗河戈阿和波科柯陀娥蛾鹅萝荷何过磨螺禾珂蓑婆坡呵哥轲沱鼍拖驼跎佗颇峨俄摩么娑莎迦疴苛蹉嵯驮箩逻锣哪挪锅诃窠蝌髁倭涡窝讹陂鄱蟠魔梭唆骡挼靴瘸搓哦瘥酡

六麻：麻花霞家茶华沙车牙蛇瓜斜邪芽嘉瑕纱鸦遮叉奢涯巴耶嗟遐加笳赊楂差蟆骅虾葭袈裟砂衙呀琶耙芭杷笆疤爬葩些佘鲨查楂渣爹挝咤拿椰珈跏枷迦痂茄桠丫哑划哗夸胯抓洼呱

七阳：阳杨扬香乡光昌堂章张王房芳长塘妆常凉霜藏场央泱鸯秧嫱床方浆艭梁娘庄黄仓皇装殃襄骧相湘箱缃创忘芒望尝偿樯枪坊囊郎唐狂强肠康冈苍匡荒遑行妨棠翔良航倡伥羌庆姜僵缰疆粮穰将墙桑刚祥详洋徉

佯梁量羊伤汸樟彰漳璋猖商防筐煌隍凰蝗惶璜廊浪
当裆珰沧纲亢吭潢钢丧盲簧忙茫傍汪臧琅当庠裳昂障
糖疡锵杭邡赃滂襄攘瓤抢螳跟眶炀闾彭蒋亡殃蔷镶孀
搪彷胱磅膀螃

八庚：庚更羹盲横觥彭亨英烹平枰京惊荆明盟鸣荣莹
兵兄卿生甥笙牲擎鲸迎行衡耕萌甍宏闳茎翚莺樱泓橙
争筝清情晴精睛菁晶旌盈楹瀛赢羸营婴缨贞成盛城诚
呈程酲声征正轻名令并倾萦琼峥嵘撑粳坑铿撄鹦黥蘅
澎膨棚浜坪苹钲伧綮嘤轰铮狰宁狞瞪绷怦璎砰氓鲭侦
柽蛏茎赪茕赓黉瞠

九青：青经泾形陉亭庭廷霆蜓停丁仃馨星腥醒惺俜灵
龄玲铃伶零听冥溟铭瓶屏萍荧萤荥肟垧蜻硎苓聆瓴翎
娉婷宁暝瞑螟猩钉疔叮厅町泠棂囹羚蛉咛型邢

十蒸：蒸烝承丞惩澄陵凌绫菱冰膺鹰应蝇绳升缯凭乘
胜兴仍兢矜征称登灯僧憎增曾矰层能朋鹏肱薨腾藤恒
罾崩滕誊崚嶒姮塍冯症簦薝凝棱楞

十一尤：尤邮优尢流旒留骝榴刘由油游猷悠攸牛修羞
秋周州洲舟酬雠柔俦畴筹稠丘邱抽瘳遒收鸠搜驺愁休

囚求裘仇浮谋牟眸俅矛侯喉猴讴鸥楼陬偷头投钩沟幽纠啾楸蚯踌绸惆勾娄琉疣犹邹兜呦咻貅球蜉蝣辀帱阄瘤硫浏庥楸泅酋瓯啁飕鳌篌抠篝诌骰偻沤蝼髅搂欧彪掊虬揉蹂抔不瓿缪

十二侵：侵寻浔临林霖针箴斟沈心琴禽擒衾钦吟今襟金音阴岑簪壬任歆森禁浸喑琛涔骎参忱淋妊掺参椹郴芩檎琳蟫愔喑黔嵚

十三覃：覃潭参骖南楠男谙庵含涵函岚蚕探贪耽眈龛堪谈甘三酣柑惭蓝担簪谭昙坛婪戡颔痰篮褴蚶憨泔聃邯蟫

十四盐：盐檐廉帘嫌严占髯谦奁纤签瞻蟾炎添兼缣沾尖潜阎镰黏淹钳甜恬拈砭詹兼歼黔钤佥觇崦渐鹣腌襜阉

十五咸：咸函缄岩谗衔帆衫杉监凡馋芟搀喃嵌掺巉

诗话笔记

人若梅花香在骨

不青颜色也倾城

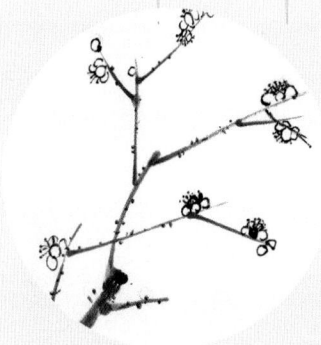

人家都道春在骨

不看毯色光阴戎

桃之夭夭
灼灼其华

桃之夭夭

灼灼其华

杏花疏影里

吹笛到天明

杏花疏影里,

吹笛到天明。

国色朝酣酒

天香夜染衣

国色朝酣酒

天香夜染衣

向人微露丁香颗 一曲清歌 暂引樱桃破

向人微露丁香颗
一曲清歌 暂引樱桃破

妇姑相唤浴蚕去
闲着中庭栀子花

妇姑相唤浴蚕去
闲看中庭栀子花

茉莉独立幽更佳
龙涎避香雪避花

茉莉独立幽更佳

龙涎避香雪避花

采莲南塘秋，莲花过人头。

采莲南塘秋

莲花过人头

更无柳絮因风起

惟有葵花向日倾

更无柳絮因风起

惟有葵花向日倾

月有微黄篱无影

挂牵牛数朵青花小

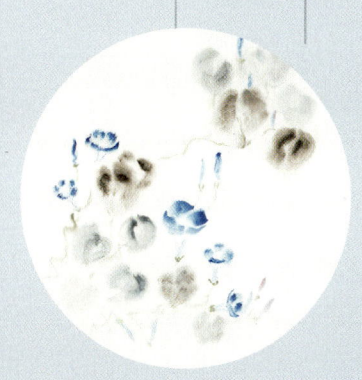

月有微黄篱无影

挂牵牛数朵青花小

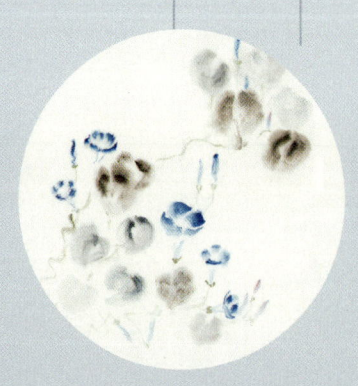

蒹葭苍苍

白露为霜

蒹葭苍苍

白露为霜

人闲桂花落
夜静春山空

人闲桂花落
夜静春山空

采菊东篱下

悠然见南山

采菊东篱下

悠然见南山

山茶孕奇质

绿叶凝深浓

山茶孕奇质

绿叶凝深浓

爱此王者香
著花秀中庭

爱此王者香

着花秀中庭